見心

一誠

圖說·序

身为普通百姓，一直以来，不知道该以怎样的方式来表达我对这个世界的种种看法和人生感悟。一次偶然的机缘，有人请我为他的美术作品配以文字的解读。图画作品的最高境界应该是写真和传神，其实写真并不难，无非是熟能生巧的技艺耳。倘若能传神则非一般造诣可以，此人应该有丰富的知识学养，高超的绘画技巧，更要有跌宕起伏的人生体悟，历数古今中外的艺术大师概莫如此。

很幸运，敝人早年也曾自命不凡，自以为怀才不遇，特渴求贵人相助，无奈芸芸众生，谈何容易？如今流行之时髦用语："你是什么人不重要，重要的是你认识什么人？"可见当今社会，各行各业竞争之惨烈。很多机会都被小圈子的权贵学阀霸占，加之社会信息之泛滥，很多真正有才华有天分的艺术骄子，被各种有组织有平台的伪艺术家打压和淹没了。感同身受，这让我为那些无依无靠的艺术家忿忿不平，无奈自己也是人微言轻，怎么办？苦思冥想，那就用一种全新的方式，来推广我发现的那些优秀的艺术家和艺术作品。于是，就有了这本《图说》的创意。

观图品画，我一直反对某些艺术评论家用夸大其词或是晦涩难懂的语言去宏篇大论一幅作品，记得托尔斯泰说过，真正的科学和艺术有两个清晰的迹象，内在迹象是科学家或艺术家的初衷不是为了盈利，而是因为他热爱科学或艺术，并甘愿为之献身。外在迹象是他的作品可以被全人类所理解，科学是对真理的追求，艺术是将真理从知识的领域转化到情感的领域。其实，艺术之美，可大可小，含道映物，我试图用一种通俗易懂的简短语言来解读我看到这些作品后的所思所悟，当然这与作者自己的创作意图有可能相去甚远，但这一点也不妨碍他们作品的推广与宣传，如能引起各位看官们的争鸣和关注，这也正是我所希望看到的抛砖引玉之用。

最后，我要感谢创作这些优秀作品的艺术家，画由心生，缘物抒情，这一幅幅精美的作品，让我能浮想联翩，激发了写作的灵感，同时也让自己隐匿心中的情感有了宣泄的出口，还能帮助你们做推广，这实在是我宽慰以求的结果。

2012年10月1日

半点墨人写于见心会馆

和华谊兄弟王中军先生探讨当代艺术

和今日美术馆理事长张宝全先生交流民营美术馆的未来发展

和中国收藏家协会副会长叶星生交流唐卡收藏心得

陪同央美李少文教授参观他的学生许莹博士佛光普照展览

道东文化公司成立两周年全体同仁徽商故里聚会

陪同文化部李小磊司长艺术研究所白国庆所长参观七九八见心会馆叶有良先生的展览

陪同安徽商会领导及新水墨画院王非院长桃花源基金的同事参观皖籍画家陈昭的首次展览

陪同新浪媒体参加陈玉圃先生的师生展

圖說·目錄

圖說·目錄

孤独的鸟

一只飞翔的鸟
热爱的是自由天空
为何一步步走进了静谧的湖水
是飞得久了　还是飞得累了

倾心而死的是麦田和谷物
为何要趟这片不深不浅的泥沼

谁知道你掌心的秘密
是深陷于痛苦的记忆
充满神秘和诱惑的蓝
晃一下就会出现忧伤的倒影

金色的叶子尽管突如其来
甚至匪夷所思
刹那间却带来了希望
命运之神
总会给绝望的人一丝温暖

等待奇迹是幼稚的
所有的水草都凋谢了
我的守候　我的倔强
不卑不亢

只是你的注视
让我羞红了脸

2012年12月20日

吴冰·倩影｜86×45cm｜2012年

吴冰，1967年生。中国艺术研究院中国画创作博士、副教授，中国美术家协会会员，文化部青联委员，北京工笔重彩画会会员。

拥 抱

城市的夜晚
总叫人迷离
霓虹灯下闪烁着各色欲望

今夜 中秋
每个人都朝着一个方向靠近
我不敢遗忘赏月

月明 风轻
思念的人，被思念的人
天涯共此时

海上花 镜中像
那些模糊的记忆
其实
我很害怕月亮照出我的心伤
于是
一次又一次地给自己拥抱

2012年中秋夜

赵东·拥抱 | 56×52cm | 2012年

赵东，蒙古族，1976年生于内蒙古呼和浩特市。北京美术家协会会员、中国工笔画学会会员。2001年毕业于中央民族大学美术系中国画专业，获学士学位。2006年毕业于中央民族大学美术系中国画研究生班，获硕士学位。

无法诉说的故事

为什么
我只有在很黑很黑的夜里
才有闪光的梦

为什么
我只能在飘忽不定的生活中
才能找到灵魂的出口

赤橙蓝紫，支离破碎
暗合着命运的图谱
一次次拼接努力
开花结果
倒下站起

文字江山下
隐匿着无法诉说的故事
不知道谁
还能正解这逆流的人生

2012年10月16日

刘筱静·无法诉说的故事 | 136×68cm | 2012年

刘筱静（靖），1976年生于河南安阳，现居北京。1996－2000年就读于中央美术学院国画系山水画室，获学士学位，毕业创作《高山云起图》被中央美术学院陈列馆收藏。2005－2008年攻读中央美术学院国画学院山水专业公费研究生，兼山水画室助教。

清　音

千山万壑云归处，
树幽林密水低吟。
尘中客忙无闲情，
怎知妙静有清音。

2012年7月23日

陈十田·山水扇面 49×20cm

陈十田，1957年生，四川大竹人，现居北京。工书画印，曾问学于中央美术学院，师从吴悦石先生。出版有《墨档案·陈十田卷》、《当代最具学术价值画家之陈十田卷》、《一生是土·陈十田书画印》等。

瓶花

多少年来,
一直这样安静的开放着,
没有卓尔不群的身姿,
没有芳香四溢的娇艳,
四季在轮回中反复,
花开花落是参不透的生死,
一群花相互拥抱着,
没有颓废的景象,
也没有诀绝的悲伤,

人生险途,
多少由心,
你一如既往,
不紧不慢的浅吟低唱,
冰冷的记忆,
淡淡的回望,
疾飞的时光,
从容的面对,

路归路,
梦归梦,
不扰不惊,
不悲不喜,
就这样,
独自徘徊,
独自盛开!

余颖 · 瓶花 | 50x60cm |

余颖，1977年生于江苏。2010年毕业于中央美术学院造型艺术研究院油画专业，师从靳之林先生，获博士学位。

怡红快绿

若远似近
若近似远
真的记不清这是什么花儿了
即使回到原野
估计也难找回遗失的记忆

时光的悲剧
不是回望而是失去希望

青春就是一个无所顾忌的梦
浓艳不矫饰
纯粹不做作
如果总能这样
心境斑斓
谁还在乎季节更迭
花开花落

都说人生是一场长途跋涉
怡红快绿是最畅快的冥想
幸运如我
一直虔诚地走在追寻它的路上

2013年6月4日

王清洲·怡红快绿 | 69x40cm |

王清州，号椰石斋。安徽省宿州市砀山县人，定居北京。著名画家、书法家。在708设有独立工作室。幼年时代，在祖父王瑞西的严格督促下学习中国书法。多次游学于欧洲。先后就读于中国人民大学徐悲鸿艺术学院首届全国中青年书法硕士研究生班、中国艺术学院 中国书法院首届研究生班、中国人民大学画院首届写意花鸟班。中国人民大学访问学者。师从孙其峰、王镛等诸先生。现为北京798艺术区独立艺术家、换鹅书会创会会长、北京徽文化书画艺术学会副主席。

艳 俗

你用
摇曳的身姿诱惑我
暧昧的眼神勾引我
性感的嘴唇告诉我
这
绯色的青春
无边的风月
原始的渴望

你用
寥寥的线条
极简的笔墨
随意的造型
暴露了
一个个隐秘的欲望
一段段风流的故事
一篇篇绮丽的文字

不要
和我谈什么国家大事
不要
和我谈什么事业春秋
不要
和我谈什么人生志气

我只要柴米油盐
我只要风花雪月

你可知
你可知
愈简单愈快乐
愈放肆愈轻松
愈艳俗愈伟大

2012年11月22日

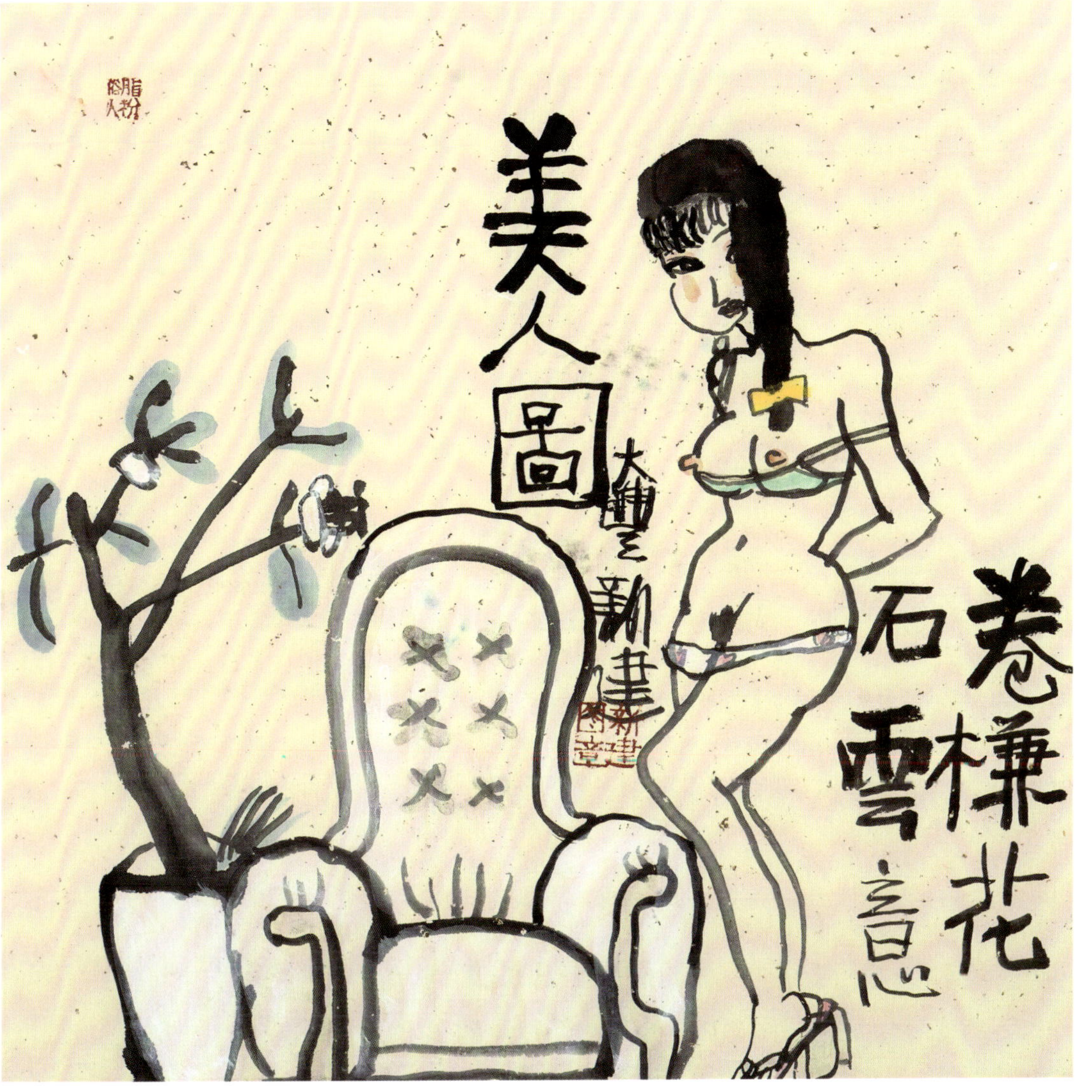

朱新建 · 美人图 | 44×44cm |

朱新建，江苏南京人。1980年毕业于南京艺术学院美术系，留校任教。中国美术家协会会员。

佛门立雪

素雪无声
却涤尽了凡尘的诱惑

隔岸的禅林
传来阵阵梵音

一扭头
一皱眉
在百转千回的命运中
仅仅是隔着一条河的距离
世界变不同了

2012年8月26日

刘普安·佛门立雪 | 124×249cm | 2012年

刘普安，又名朴庵、浦安，1959年生于河南安阳。自幼习画，为当代书画名家，北京工笔重彩美术家协会会员、中国书画家协会理事、中国诗书画印研究院画家、东方艺术研究会顾问。

原野

天空终于暗了下来，
卸了妆的人，
终于可以告别，
城市的热浪，
无聊的人群。

有人说，
夜是深沉的，
梦是空虚的，
当你走进一望无际的原野，
梦想也变得无边无际，
其实，
原野的天空最接近生活的底色，
既不绚丽也不苍白，
但我一直酷爱黑夜，
因为它总能唤醒最真的心迹。

今夜，
明月当空，
像一枚镜子，
天地平静，
像一面湖水，
此情此境，
我没有内疚，
也没有悔恨，
只是我仍然无法丈量黑夜与光明的距离，
面对这繁密复杂的原野，
这深邃莫测的夜空，
我只闻其香，
未曾走近，
原来我也只是一个倔强的守望者。

2013年8月10日

许英辉·原野 | 49x115cm |

许英辉，1969年生于河北深泽。毕业于中央美术学院民间美术系。其彩墨具有很强的实验性，个性化语言图式与现代性的表达，具备中国传统性与当下的时代性。作品倾向于一种世界观的价值，呈现对人们精神家园的描述，透着一腔眷恋乡土的文化情怀。

五台雪霁

雪花如你
悄无声息地从天而降

如佛陀的开悟
一夜之间静默了我的世界
天空从此明丽
繁华从此落幕
我从此归于空无

阳光普照
白塔禅寺

这绵延不绝的雪景
这阵阵传唱的梵音
如一道道暖流
如一声声祈祷

送走了浮沉
迎来了希望
你从此安于柔软

2012年12月14日

邓世华 · 五台雪霁 | 67x97cm |

邓世华，1951年生于四川泸州。20世纪80年代毕业于四川美术学院。现为中央美术学院贾又福山水画工作室画家，泸州市美术家协会副主席、秘书长，四川美术家协会理事。

藕　像

枯荷残雪相无言，
繁花看尽零落时。
一声一诉一悲凉，
半真半假伴我行。

2012年8月30日

杨锦苑·藕像 | 50x100cm |

杨锦苑（杨京南），字锦苑，1963年出生于北京。早年师从花鸟画家郭笃民先生学习书法、篆刻及写意花鸟画。2001年结业于中央美术学院中国画专业。北京美术家协会会员，东方艺术学院客座教授。现就读于中国艺术研究院美术创作第三届研究生课程班山水专业。

如花记忆

如果
如果可以
我愿选择性记忆
只记得你的貌美如花
只记得你的青春斐然

如果可能
韶华再回
樱花再开
我一定一定小心翼翼
认真选择
不为名利厮杀
只为美女芬芳

如果
时光不再蹉跎
脚步不再匆忙
我愿俯身向你
在这含苞欲放的花中
去找回生命的真实面目。

2012年08月30日

许莹·如花 | 68×68cm | 2013年

许莹，1993年毕业于中央美术学院附中。1997年毕业于中央美术学院国画系获学士学位。2004年考入中央美术学院，为田黎明先生研究生；2007年获硕士学位；2007年考取中央美术学院为李少文先生博士研究生。

默　然

听到了太多的离歌
原谅我
我的默然
我的忧伤

匆匆的脚步如何驻足风景
满满的心房如何盛下爱情

佛戒说
心不动一切枉然

等待的痛
思念的伤
那些美丽的谎言
那些颓废的表象
都是我
一个个无声的抗诉
一次次无力的挣扎

2012年10月2日

赵东·如烟|50×50cm|2011年

赵东，蒙古族，1976年生于内蒙古呼和浩特市。北京美术家协会会员、中国工笔画学会会员。2001年毕业于中央民族大学美术系中国画专业，获学士学位。2006年毕业于中央民族大学美术系中国画研究生班获硕士学位 。

无　题

空山无人多清音，
静水流深少纷繁。
孤舟坐等花开时，
满树春风传文瑛。

2013年03月29日

陈文瑛·山水扇面｜66×33cm｜

陈文瑛，1970年生。自幼随父陈玉圃研习国画山水，后师从著名山水画家黄格胜教授。毕业于广西师范大学艺术系、广西艺术学院美术教育专业，研究生学历。现为广西艺术学院教师、广西美术家协会会员。出版有《陈文瑛写意山水》。

既　然

既然
城市这么拥挤
既然
人群这么无趣
不如
回到最初的宁静吧

幽暗的山谷
飘渺的轻雾

这里
是不是
世间的尽头
传说中的桃源
这里
四处弥漫着希望的气息
芳草清新，虫鸟欢鸣……

仿佛
我们也都可以羽化成仙了

2012年10月18日

吴楠·既然 | 70×138cm |

吴楠，1982年生于北京。2002年考入中央美术学院国画系，师从陈平、崔晓东、丘挺，2006年本科毕业，获学士学位。2009年考入中央美术学院中国画学院研究生，师从崔晓东。现就职于炎黄艺术馆，任馆长助理。

繁　花

春来翠竹秀，
风吹苍苔青。
虚心掩富贵，
金笺照繁花。

2013年05月21日

李雪松 · 春山锦绣 | 56 × 52cm |

李雪松，1975年生于辽宁沈阳。1996年毕业于中央美术学院附中。2000年毕业于中央美术学院国画系。2002年结业于中央美术学院郭怡孮花鸟画创作高研班。中国美术家协会会员、北京工笔重彩画会会员、北京画院专职画家、国家二级美术师，

心　像

我不止一次地问自己
如何面对这复杂的
点线面光形色
如何在层层黑幕里
寻找那一抹人生的亮色

浅浅深深
浮浮层层
这原本就是生活的本色
谁也无法逃避

倔强如我
一直按另一种方式
隐匿着悲伤和沉重
在极端的游戏里
寻找那份自在和安然

般若的开言是希望的留白
我在墨色里参悟冥想
构画着梦想的城堡
光荣和未来

2012年10月16日

李圩·心像 | 120×120cm | 2012年

李圩(李伟)，1968年生于湖北云梦。中国美术家协会会员、贾又福山水画工作室画家。先后毕业于湖北美术学院、中央美术学院中国画高级研修班、中央美术学院贾又福山水工作室研究班。

天　河

初晨的阳光
照耀在美丽的唐古拉
烟雾妖娆着天河

时光在此
静静地流淌
悠闲的牛儿，淳朴的人
一幅幅不曾雕饰的风景

感动着
一份安详
一份向往

2012年8月19日

刘云生 · 天河边上 | 55×76cm | 2010年

刘云生，1937年生于山东莱州。1963年毕业于山东艺术学院。著名水彩画家、中国美术家协会会员、国家一级美术师。屡获国内外水彩画大奖。

问道

溪山寻幽问道处，
古树探春水云间。
都说江南好风景，
归雁游子竞抒情。

2013年4月28日

魏海博 · 山水扇面 | 53×27cm |

魏海波，1970年生，祖籍山东，现居北京。1989年就读于浙江美术学院（现中国美术学院）国画系，后考入中国戏曲学院舞美系本科，获学士学位。毕业后任北京多家杂志社艺术总监。现致力于绘画（传统文人山水画、油画）与古琴弹奏学术研究及古琴制作（曾师从浙派琴人徐匡华与裴派琴人中科院李璠）。

彩　色

自由翱翔的鸟
悠然自得的牛
慢条斯里的我
这是哪里的天空
这是心中的家园
桃花深处
彩云归来
绚丽的人生不是没有悲苦
多彩的世界不是没有阴晴
如果
人生就像一场渡河
此岸到彼岸
距离便是生死之间

我们
可以快到　可以慢达
可以乘船　可以泅渡
一切源于选择
只是
岁月纵横
一定有风雨险阻
所幸
世事万千
态度决定了悲喜

2012年8月19日

范琛·家住桃园 | 35×69cm | 2012年

范琛，博士，副教授。总装备部文艺创作室创作员、总装备部美术书法研究院专职画家。中国美术家协会会员、中国美术家协会蒋兆和艺术研究会会员。

虚无的丰碑

不知何时
我开始
一点一线　一笔一墨
静静地虔诚地
不厌其烦的……
描绘着一山一水

我是矫情的
山愈爬愈高
路愈走愈长

我依然
在白天做着夜里的事
在黑夜做着白日的梦
我在刻意地和人群拉开距离
我控诉人间无尽的喧闹浮华

大家都在疯狂地钱进
大家都享受饕餮盛宴
挥霍着践踏着……
一切的一切
假如
我还固执地站在人群中自言自语
无病呻吟的忧愁
该是多么的不合时宜
于是我背离了所有的期待
一次次地变轨一次次地逃离
请原谅我每一次的谎言
只是只是
我还有一个虚荣又真实的梦

希望有一天
能站在群山之巅
听着风在耳边歌唱
看着云在身旁起舞

那一定一定
是我用文字的江山
堆砌的一个虚无的丰碑

2012年11月7日

侯震·太行群峰 | 148×31cm | 2012年

侯震，1984年生于山东莱州。2005年考入中央美术学院中国画学院山水工作室。2009年毕业于中央美术学院，获学士学位。2010年以专业第一名考入中央美术学院中国画学院硕士研究生山水工作室，师从崔晓东教授。

独　行

青山雪霁后，
红竹向阳开。
壶中藏日月，
心里装乾坤。

2012年8月29日

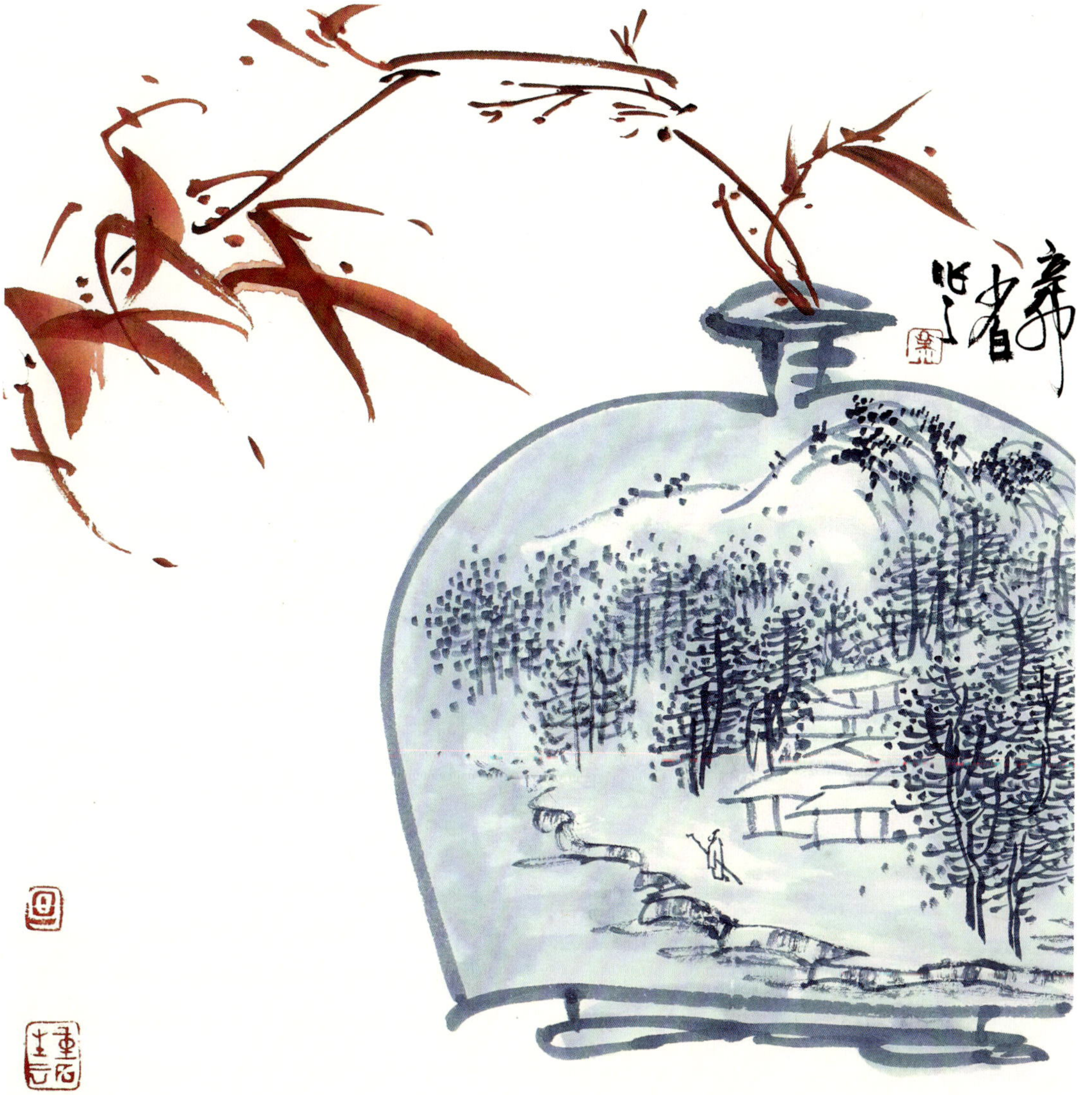

刘少白 · 竹报平安 ｜ 45×48cm ｜ 2011年

刘少白（刘中显），字正，号乐水山房主人。自幼习书画，启蒙于梁永卓与齐良迟先生。先后就读于中国美术学院、中国艺术研究院，现游学于崔志强、王镛、石开先生门下。中国书法家协会会员、北京印社社员、青年水墨研究会秘书长、西泠印社拍卖顾问。

爱痕湖

原谅我吧
当第一缕阳光照进来的时候
我就迫不及待地要离开了

如果你的心是这面湖水
我已柔软得惊不起一点微澜了

也许
是在这密林深处歇息太久了
也许
是时间这把钝刀将我的爱
悄无声息地谋杀了

请一定要原谅我啊
我不愿做你囚禁的鸟
我不想失去自由的天空
让我去飞翔吧
朝着光的方向

爱痕湖
我们曾一起嬉戏一起沉醉
我会记得
但我不能昼夜不分长此一生

为了爱
让我去飞翔吧
我会朝着阳光的方向

我会给你
带回青春的气息

2012年8月19日

吴乐农 · 倦鸟归林 | 摄影

吴乐农，即徽州老农，非农人也不近高官，不近巨贾，尤喜艺术，情定黄山风光，谊存徽州水土，闲暇摄影，搜拍美好，记录人生。在徽身迹，云游是嬉。籍徽州农夫，倚老肖老，苦耕心田以冀鹤发酬童心，是以吴氏自白名乐农是也，延陵后人为记。

回　眸

我不时地回眸
不是因为羞涩
是为那急促的青春

在摇一摇
就可以找到爱情的时代
我的灵魂
无法隐匿忧伤

一次次灯下的思索
一个个美妙的念想
一睁眼
都成了浮光掠影　昨日黄花

唯有　唯有
潮汐般　汹涌向前的脚步
一如既往

2012年9月25日

杨韶·花语 | 58×70cm | 2012年

杨韶，2006年毕业于中央美术学院中国画学院，获学士学位。2012年毕业于中央美术学院工笔人物专业，获硕士学位，师从刘金贵教授。

无　题

烟波浩瀚万里河，
孤山重翠千年寺。
征帆只为梦里城，
对饮偏爱有缘人。

2013年4月13日

陈玉圃·唐人诗意图 | 90X48cm | 2011年

陈玉圃，男，1946年生，山东历城人。少时爱画，为山水画大家黑伯龙、陈维信先生的入室弟子。擅长山水、花鸟、人物。1980年考入广西艺术学院为岭南派大师黄独峰教授研究生。现为天津南开大学东方艺术系教授，硕士生导师，中国美术家协会会员。

故 乡

每一次
飘忽不定的出走
都是我与生俱来的宿命

每一次
面对这片贫瘠又充满希望的原野
总给我无以言状的安宁

不安分的人
总有那么多的借口
去试探种种诱惑

走得久了
记忆会时而陌生　时而混乱
人生会时而激扬　时而落寞

故乡
总是我最敏感的神经
在每一次回望的梦中
低吟浅唱

2012年10月25日

王建斌 · 风景之六 | 40×40cm |

王建彬，男，水彩画家。1964年生于黑龙江齐齐哈尔。1991年毕业于哈尔滨师范大学艺术学院，大学本科学历。现为四川音乐学院成都美术学院环境艺术系副教授、黑龙江省水彩画艺术委员会副主任、南京师范大学美术学院客座教授、中国美术家协会会员。作品多次参加国内画展并多次获奖，出版有多种著作。

鹰　眼

每天

我试图以不同的角度

去解读这个世界

为自己找一个开脱的理由

可是

为什么

我的眼里充满忧郁

为什么

我不能原谅这个社会

为什么

我的祖国人们都爱演戏

为什么

……

2012年8月19日

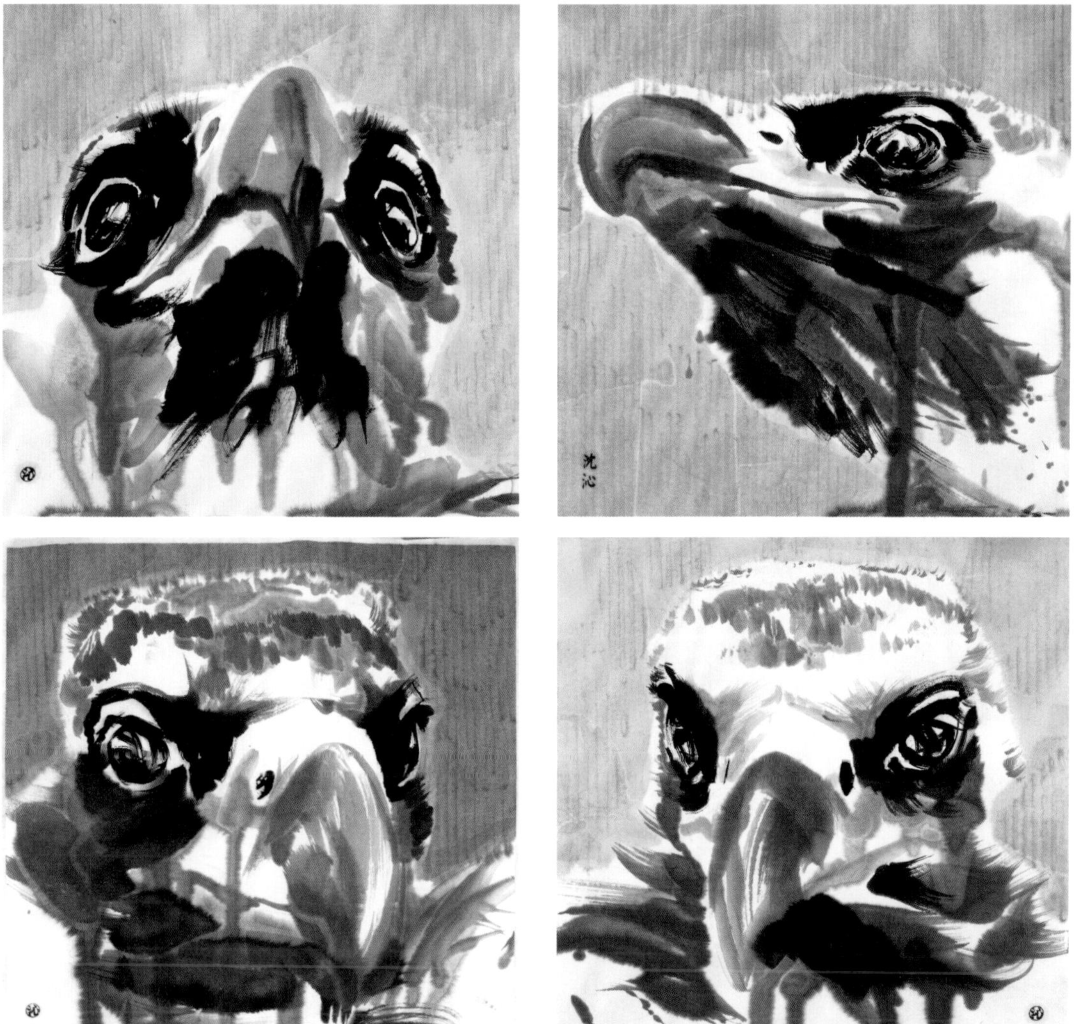

沈沁·鹰 | 45×45cm×4 | 2012年

沈沁，1974年生于江苏苏州。现为云南艺术学院教师，中国美术学院博士研究生。1999年毕业于中国美术学院中国画系。2007年毕业于中国美术学院，获硕士学位。

表　象

每天看到的都是
红的花　绿的果

为了迎合
这纷繁的花花世界
我也只能展示自己最绚丽的一面

思念的人儿
你可知　你可知
我有
多少暗淡的过去
多少不眠的夜晚

2012年8月25日

郑雅国 · 花鸟4 | 33×33cm | 2012年

郑雅国，1971年生于福建福清，现定居厦门。2001年进入中国美术学院国画系花鸟专业深造。现为福建美术家协会会员。

松　下

松下描图绘山水，
纸上落笔写诗文，
过尽红尘寻常事，
坐视云烟多情人。

2013年3月27日

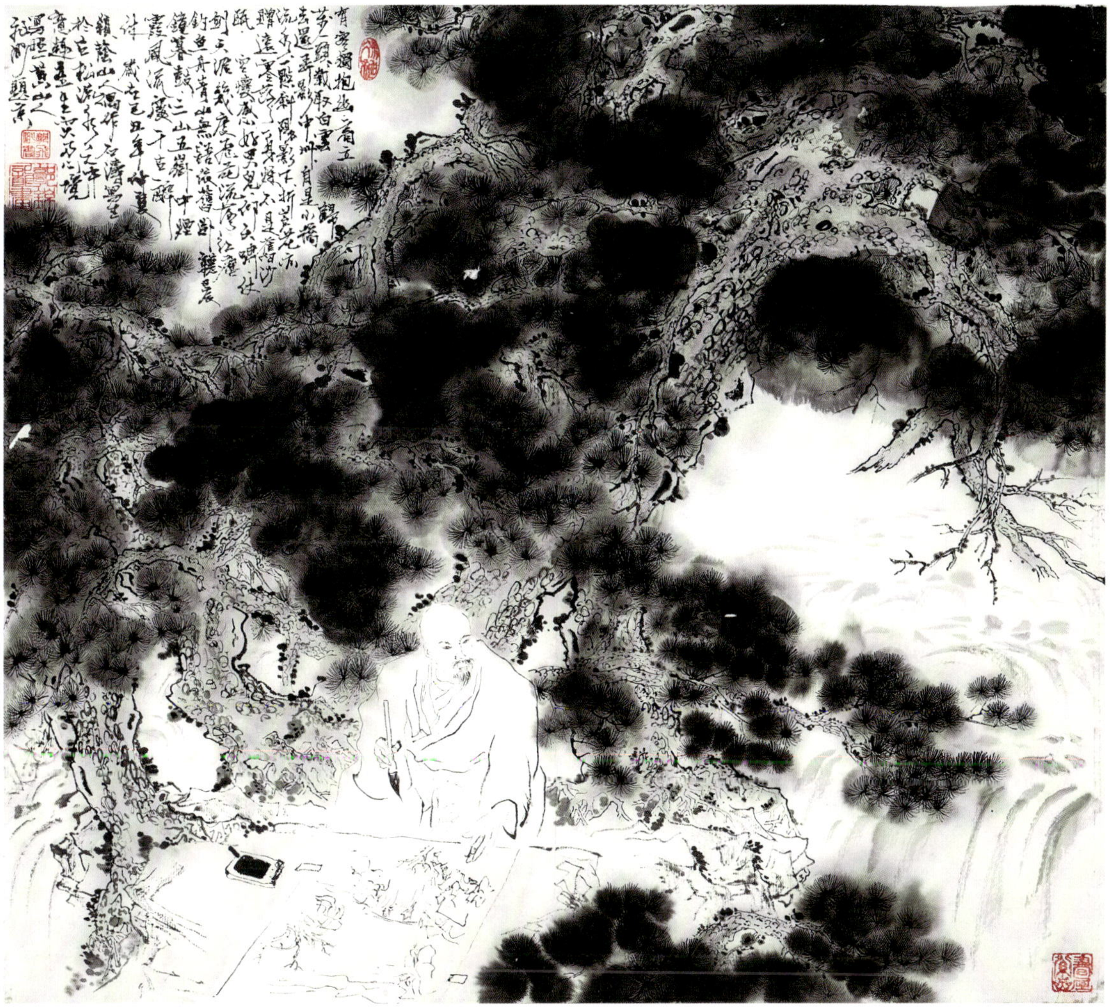

郭锦龙 · 高士 | 46×46cm |

郭锦龙，安徽黄山人。笔名飞渺、颖荫山人、江南布衣。香港东方文化中心书画研究员、云雅轩特约书画家、华夏书画艺术家信息中心研究员、中国当代艺术协会副主席、2009中国艺术年度人物、中国艺术学会会员、中国当代文艺奠基人、中国书画家协会会员。

阳光下的男孩

呼啸的北风
侵袭着你干瘦的身躯
阳光下的小男孩

本该清澈的眼睛
为何充满着惶恐和愁绪
是为那讨要工薪的父母
每日充满着愤怒的诅咒
熏坏了你稚真的心灵

怎么赞美你呢
手握一切生杀大权的权贵们
你们的傲慢和贪婪
葬送着这个国家的未来

谄媚的人
每天被嘲笑着说幸福
呵呵，这
神奇的时代
荒芜的精神

不知道
什么时候才能
让天空更蓝
让人们更亲

2012年10月18日

陈利 · 玉树的孩子 | 38×52cm | 2011年

陈利，1998年毕业于重庆西南师范大学美术学院。现供职于四川省绵阳市中国工程物理研究院。中国美术家协会会员、国家一级美术师、香港国际画院水彩艺委会副主席、四川省美术家协会水彩艺委会委员。

绮罗香

昨夜梦深，
蝶飞燕舞，
兰房跬步娉袅。
醉里花心，
风流残烛天明。

笙歌美，
满地清香，
芳华尽，
人归月冷，
谁人见，
酒醒凄凉，
多情应是笑红尘！

2012年10月27日

叶有良 · 龙纹4 | 200×120cm | 2012年

叶有良，1961生于河北邯郸，1986毕业于天津美术学院版画系。1993毕业于中央美术学院版画系研究生班。中国美术家协会会员、北京印象东方艺术馆馆长、国家一级美术师、中日韩文化交流中心常务副会长、中国西部开发促进会理事、中国文化艺术发展促进会宋庄当代艺术家发展协会常务副会长、中国延安文艺协会宋庄当代艺术家总部基地副主任。

高　士

我坐在蓝水之巅
山不高
水不深
我挡住了风
光挡住了我

我看世间
一切虚淡
别对我侧目敬仰
更不要叫我高士
人上有人
天外有天

在自然之间
你我多么渺小
我只是　只是
游走在各种主流之间
放慢了脚步
找回了童真
开始自由地呼吸了

2012年11月23日

田黎明·高士 | 35×71cm |

田黎明，安徽合肥人。1989年考取卢沉教授研究生，1991年获硕士学位。现为中国艺术研究院研究生院院长，中国美术家协会会员、中国画艺委会委员，北京市美术家协会理事。作品《碑林》获第六届全国美展优秀奖。

新　竹

门前绿竹日日新，
雨后春笋节节高。
风雅不离琴棋画，
清心最爱是远游。

2013年4月30日

彭仕强·雨后 | 34x137cm |

彭仕强，号渭庸，1955年生，北京通州人。师从白雪石、郭笃民先生。中国美术家协会会员、北京美术家协会、北京书法家协会会员、北京市通州区文学艺术界联合会副主席、通州区美术家协会主席、大运河书画院艺术顾问。

荷　塘

不知何时
你我就像这对保持距离的鸟
有谁深究过你眼里的秘密
总是若无其事地对视
有谁留心你走过的足迹
总是漫不经心地歌唱

曾经的曾经
爱过的人
深埋在心底的温暖
不要惊扰他的梦

秋天的寓言
不是凋零就是结果
而此时
花正在开
情也正在堆积

2012年10月28日

陈菊美·花鸟图｜45.7×55.9cm｜2011年

陈菊美，台湾美浓镇客家人。自幼随父母习画。毕业于台南家专美工科、文化大学美术系。1986年赴美定居，曾在亚利桑那州大美术系进修。

洗　心

不知何时
世间变得越来越嘈杂
我在彷徨中
穿不过层层的黑幕
只好断开它
苟延残喘地呼吸

由白入黑地侵染
事越来越重
由黑出白的布道
心越来越亮
我一直反复着
我一直静默着

任思绪堆积成墨痕
任墨痕倾吐着因果
我在一方的世界
有时凝望
有时惶恐
但
请别再追问我的虚实?
也别问我是在绘画还是在修行?

2012年12月04日

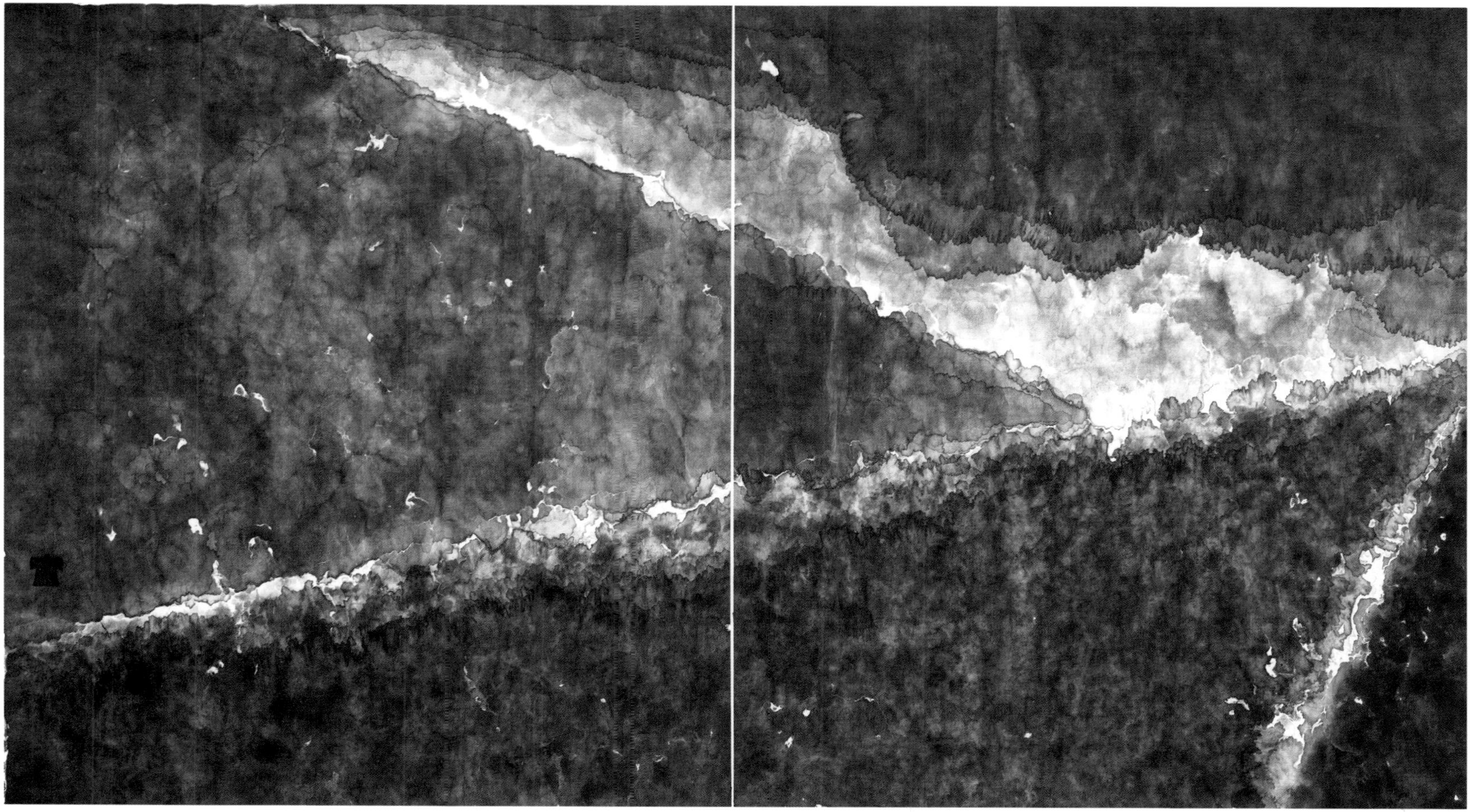

田卫 · 萨度 | 90×48cm | 2008年

田卫，1973年生于北京。1992年毕业于中央工艺美院附中。1996年毕业于首都师范大学美术系。2002年结业于中央美术学院国画系研究生课程班。现为北京财贸职业学院艺术学院副教授。

清　音

寒烟叠嶂云居寺，
默然独往修行人。
千山万壑疑无路，
三生六界自轮回。

2013年4月28日

李立山 · 清音 | 138×68cm | 2013年

李立山，号鲁园，善斋，礼山草堂，生于山东临清。2004年以书法专业全国第七名文化第一名的成绩考入中央美院王镛书法工作室，师从王镛、刘彦湖、徐海、杨涛、姚鸣京、岳黔山、张羽翔、莫武、肖文飞、王颖生等先生。2010年考入中国艺术研究院研究生院，师从骆芃芃先生。

戏　子

我知道
一旦上了舞台
我就必须演下去
无论主角配角
无论喜剧悲剧
就像过了河的卒子
没有回头的路

人生如戏
戏如人生
那些
恶毒的，赞美的
猥琐的，光辉的
各种各样的形象
被千年万年地流传着

其实
你我都是合谋的编剧
演着别人也演着自己
只是
有时候认真
有时候敷衍

2012年11月16日

丁立人·京剧人物 | 68X68cm |

丁立人，1930年生于浙江台州海门镇。现为上海理工大学设计艺术学院教授。

大壑涌金

雪后
我站在黄土高坡上
风过耳
心微颤

一眼睁着
俯瞰命运纵横如万千菩提
一眼闭着
沉思过往纠结如千万沟壑

远山绵绵 回声无应
素心若雪 岁月留痕

我们
一路跋涉，一身承重
我们
寻山问水　大音希声

每一次的孤独喜悦
每一场的生死轮回
都是佛陀的开悟
也终将换来
心莲花开
大壑涌金

2012年12月4日

范琛·大壑涌金 | 40×180cm | 2010年

范琛，博士、教授，总装备部文艺创作室创作员、总装备部美术书法研究院专职画家，中国美术家协会会员，中国美术家协蒋兆和艺术研究会会员。作品多次入选全国、全军展览并获奖。

白浪滔天

浪里白条
你在静观
我在窃喜
谁偷窥了谁

这年月
谎言泛滥
无耻横行

其实　水不深，情不浅
别装模作样了
别故作矫情了
不如赤裸相对吧
佛道
三界轮回淫为本
六道往返爱为基
都说
女人如花
好色如男
不用大山大水大情怀
不如小资小调小情趣
呵呵
我的不正经
就像你身旁那只狡黠的乌鸦
满腹邪念
一脸真诚

2012年12月5日

李津 · 白浪滔天 | 45×38cm | 2010年

李津，1958年生于天津。1983年毕业于天津美术学院中国画系。现为天津美术学院中国画系副教授、学术委员会委员。

兰石图

石冷苔青水亦寒，
兰香玉露风不侵。
明月寻芳到空谷，
素心伴梦到天涯。

2013年5月13日

孙虎城 · 兰石图 | 67X69cm |

孙虎城，1968年生于河北唐山。毕业于天津美术学院中国画系，分配至北京荣宝斋工作。一直以来，坚持高标准、高格调的艺术追求，潜心研究中国历代画家。

醉酒醒花

酒是醉人的
也可以现形的
一杯酒
晃出你我的真身

剑是杀人的
也可以执法的
一柄剑
刺出你我的心声

这人间盛世
为何有一场又一场的大雾
我　云来云去
这浮华社会
为何人鬼不分　真假不辨
我　不知所言

突然想起
仗剑天涯　醉酒风月
那个传说中游侠的模样
今日
我要醉酒醒花
今日
我要执剑除妖

2013年2月1日

李铁军 ·钟馗 | 65×39cm | 2012年

李铁军，1962年生于黑龙江省。1982年在鲁迅美术学院全显光工作室学习，1990年旅居南美洲玻利维亚共和国。1994年在玻利维亚tabingely画廊举办艺术个展。1995年旅居巴塞罗那并在西班牙马德里艺术学院学习；1999年创办北京新亚现代艺术学院。曾任北京当代艺术馆执行馆长，环铁美术馆馆长。

野　花

野花小草风不待，
枯石残苔雨爱侵。
若是人间公义在，
满目青山竟芬芳。

2013年02月01日

陈昭·玉簪草石图｜137×34cm｜2012年

陈昭，1983年生于安徽省五河县。2005—2009年就读于中央美术学院中国画学院花鸟工作室。2010至今在中央美术学院中国画学院花鸟工作室攻读硕士学位，导师为于光华教授 。

虎啸幽谷

好多年了
我一直静守林中
我放下过饥饿
却从未放下过山谷
留恋生命中的千山万水
不忍一一告别

世事间
除了 山林、幽谷……
就是我们的嘶吼
对着山谷
菩提的梵音奏响了空山

告诉我
你藏在落叶中的那些脚印
暗示着多少的春秋
供我逍遥

2010年5月20日

刘普安·虎啸谷鸣｜98×180cm｜2008年

刘普安，又名朴庵、浦安，1959年生于河南安阳。自幼习画，为当代书画名家，北京工笔重彩画会会员、中国书法家协会理事、中国诗书画印研究院画家、东方艺术研究会顾问。

夜　归

一家灯火一孤舟，
满湖烟雨多朦胧。
遥望西窗夜归人，
相守无言两情深。

2013年03月30日

韩昌力 · 幽居图 | 68 × 68cm |

韩昌力，山东沂水人，1956年生于山东潍坊。现为中国美术家协会会员、天津美术家协会副主席、天津南开大学东方艺术系教授。出版有《韩昌力画集》、《韩昌力作品选》。

灰　色

大慈大悲的观世音
你端坐在须弥山上
可曾听到民众的声音

你的净瓶哪里去了
为何天空还是这么阴霾
你的杨柳哪里去了
为何人间还是这么疾苦

我们迷失了
哪里有极乐的世界
哪里有无为的自在
听说你有无量的智慧
可以开悟众生
我们为你朝觐而来
一路风尘
一身疲惫

请问
灵魂和肉身哪一个更重要
谎言
像浮沙遮住了眼
名利
像钝刀糜烂了心　而像生死轮回这样的大事
却被置之度外

万能的菩萨
你能否告诉我
为何如影随形的不安
就是
这普罗大众灰蒙蒙的当下

2012年12月21日

付爱民 · 观音 | 33×42cm | 2012年

付爱民，1972年生于北京，锡伯族，2003—2006年就读于中央民族大学美术学院。少数民族艺术专业，师从李魁正先生，获法学博士学位。任中央民族大学美术学院教师。2011年任中央民族大学985工程基地中国少数民族艺术创作中心副主任、《中国民族美术》编辑部主任。

荷　风

墨荷两叶卷风去，
红萼一朵羞涩开。
莫言相思无人见，
细语鸳鸯独自在。

2013年4月3日

李宏禹·三栽 | 45×66cm |

李宏禹，毕业于南开大学东方艺术系，师从范曾、陈玉圃、杜滋龄、宁宗一、薛宝琨等教授。现任职于人民美术出版社。

丰欲的困倦

这个春天
我一直很忙碌
来不及看桃花绚色
来不及听细雨缠绵
不知道为什么
我一正经起来世界变不同了
天天诡异的天气忽而雾霾忽而飞雪
夜夜奇怪的梦镜狞伕的笑悲炝的哭

这个春天
我一直很困倦
在通往天国的路上
我一刻也不敢停下折腾的脚步
从一个行业到另一个行业
从一个角度到另一个角度
我满腹狐疑地审视着这个世界
金钱,美色,大麻,烈酒......
一度刺激着我活着的勇气
空虚,无趣,颓废,抑郁......
一度充斥着我混乱的脑海
这个春天
我一直很绝望
穿梭在各色人群中探询人生的答案
翻阅了各种书本去查询智者的明示
可是这个疾病丛生的人群
处处弥漫着腐朽的气息
可是这些碎片构成的书籍
处处粉饰着虚假的荣耀
该如何慰藉病入膏肓的心灵呢
我在
一次次纠结中抗争
又在
一次次沉沦中崛起

终于明白
这都是丰欲后的困倦
这都是救赎后的重生
于是
心平了
于是
气和了
从此真正走向了宁静的幸福

2013年4月2日

王非·丰欲的困倦 | 800x300cm |

王非，生于安徽。中国新水墨画院执行院长。任教于清华大学当代艺术研究生课程班，中国传媒大学客座教授。

坐　禅

空山绝壁里，

坐忘红尘中。

九年参一悟，

功成传千古。

2013年3月26日

严安·达摩禅修 | 98x49cm |

严安，1960年生于北京。毕业于首都师范大学美术系中国画专业。结业于中央美术学院中国画系人物班，中央美术学院贾又福山水创作高级研究班，得到吴冠中、姚有多、贾又福等恩师的指导。现为中央美术学院贾又福山水画工作室画家、中国美术家协会会员、北京美术家协会会员、中国博物馆协会会员、北京博物馆协会会员、全国公安文联美协理事、北京中山书画社会员。

一棵树的自白

一棵树
从不惧黑暗的背后
潜伏着多少的阴影
阴影是欲望的眼折射的

他清楚
无论是飞鸟，还是过客
他们都是匆匆的观者
没有人真正地在意
你是在灿烂，还是在劫难

在反复轮回的四季里
藏匿着神秘莫测的命运
在无法预定的成长中
只有始终保持一种姿势
朝着光，昂着头

人生大舞台
有的人像树一样坚韧
百折不挠
有的人像草一样柔和
趋炎附势

都是一个戏子
有的人演得认真
有的人演得随意

2012年10月30日

蓝凡武·一棵树的自白 | 68×68cm | 2012年

蓝凡武，壮族，1969年生。毕业于桂林市教育学院中国画专业。广西美术家协会会员、桂林市书法家协会会员、桂林雁山书画院院长。2007年就读于中国国家画院申少君工作室。

望　归

寥落经年剪长秋，
乂倚寒石读梦春。
幽兰瓶梅暗香在，
拈花离骚徘恻中。

2013年4月2日

原国镭·望归

69x240cm

原国镭，字大元，号寄鹤山人。斋号元至正十四年斋、一尊禅舍。现任中国宣和画会会长、中国国画家协会理事。

暗香浮动

她
从烟雨飘渺的太湖走来
带着一撇一捺
以书法为名
她
从翰墨书香的教室走来
带着一纸一砚
以梦想为由
她
带着一个如此丰美又忧伤的梦
来到京城
只为走向那神圣的最高的艺术殿堂
她在纸上
任笔为体，聚墨成形
她在心里
动静结合，虚实相生
在激情和柔美的文字中诉说
在喧嚣和孤寂的生活中前行
是的
一纸春词
那年冬天
有盛雪，空香万里
今日深秋，
有素梅，暗香浮动

2013年10月30日

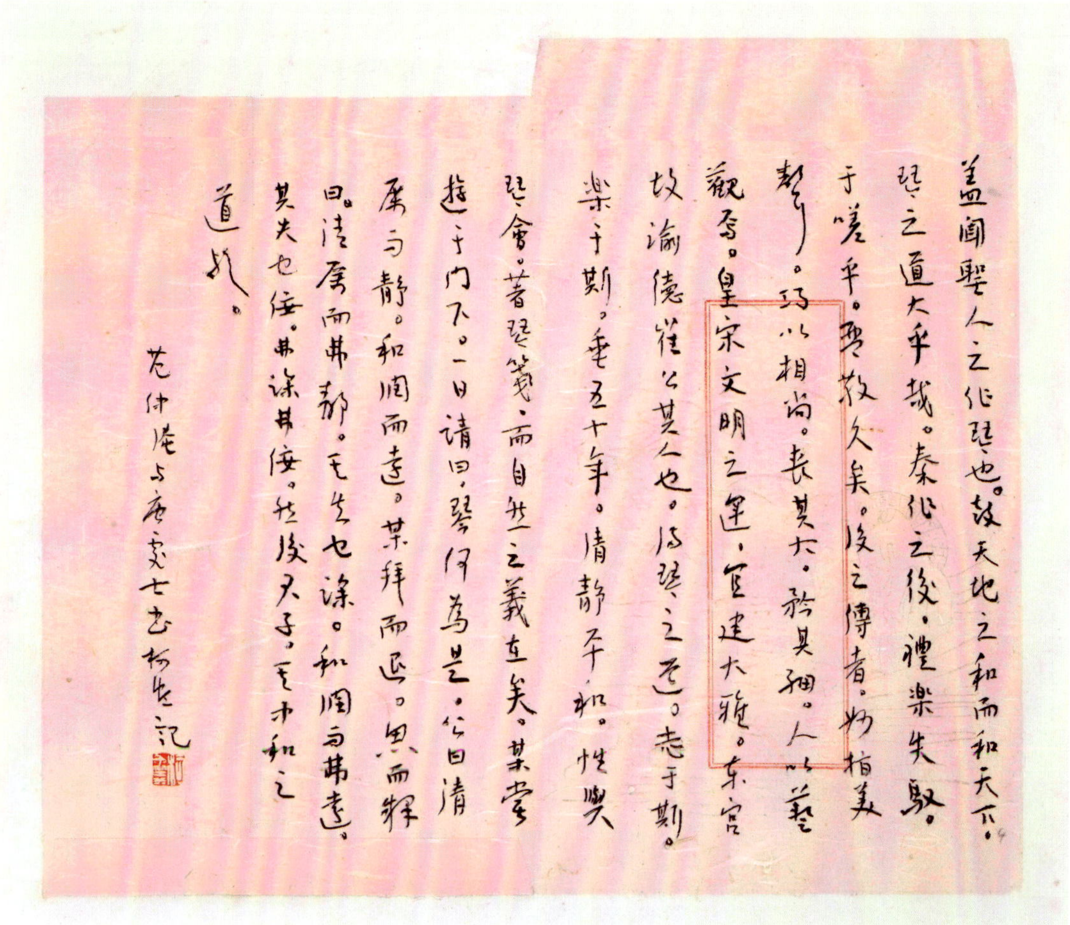

顾柯红 · 《与唐处士书》摘句 | 36 × 30cm |

顾柯红，笔名柯泓，江苏无锡人。毕业于中国美术学院书法专业。中国国家画院沈鹏书法课题班学员。现为中国艺术研究院在读书法硕士研究生，导师为胡抗美先生。

寻　幽

古木新雨少风尘，
千壑万谷多幽深。
春光锦绣入丹青，
溪山问道作新篇。

2013年4月2日

路洪明·问道 | 138×68cm |

路洪明，又名鸿铭，字砚生，山东济南历城人。毕业于南开大学东方艺术系中国画专业，获硕士学位。任教于天津美术学院，天津美术家协会艺术理论委员会副秘书长。出版有《路洪明作品选》、《路洪明写意山水》等。

畅　想

今夜
洗尽铅华
在一张洁白的生宣上
禅定
任由思绪畅想
墨染群山
清水留痕

像风一样自由
像云一样欢快
它晕开了凝滞如山的心事
它松解了纷乱如麻的疲劳

升起沉下　一呼一吸
我在无色之界
隐秘穿越，生死轮回
我在梦想国度
纵横捭阖，无声无息
寻觅着智慧的法门

2013年4月9日

张朝晖 · 畅想 | 68x81cm |

张朝晖，1984—1988年就读于南开大学历史系博物馆专业，本科，专攻博物馆中的美术史。1992—1995年就读于中国艺术研究院研究生院，硕士，专攻清末海派绘画革新性。1996—1988年就读于巴德学院当代艺术策展，硕士，专攻亚洲当代艺术及徐冰与蔡国强艺术。2003—2006，中央美术学院攻读博士生学位。

夏天的温度

在这拥挤的人群中,
在没有成熟的日子里,
我抵抗着繁复的信息,

青春的曼妙,
幽深的情感,
文字无法形容,
温柔也绕不过去,

我想着,
最好简单再简单,
于是用轻柔的线条,
淡淡的笔触,
到画布上去诉说,

一朵花开就是一个故事,
每一个故事都有一朵花开,
五颜六色的思绪中,
我愿你只记得那朵最皎洁的花儿。

2013年7月15日

余晓庆 · 夏天的温度 | 52x52cm |

余晓庆，满族，1987年生于河北唐山。2006—2010年就读于天津美术学院中国画系，2011年至今就读于天津美术学院中国画系研究生，师从于喻建十先生。曾获得2008年首届全球华人“切尼斯杯”书法美术大奖赛铜奖，2012年被选入“达沃斯夏季论坛”文化展示书画部分等荣誉。

知　音

苍山叠翠云绕仙，
水流花开鸟鸣涧。
玉人不在空遗珮，
我弹瑶琴负春风。

2013年4月10日

魏维果·秋月 | 69x45cm |

魏维果，笔名维果，中国山东德州人。方底启马来西亚职业画家。现任马来西亚古晋中华书画研究会艺术顾问。习画注重传统、讲究人品修养。热爱中国古典哲学及诗词，受益于黄宾虹先生“五笔七墨”之影响，并具有自己的风格面貌。

迷　途

在层层的大山中
家乡越来越小

在重重的压力下
城市越来越大

我们在此消彼长中迷途
记忆越来越模糊

早已听不到流水欢唱
早已听不到鸟儿轻鸣
喧嚣的是汽车的轰鸣
热闹的是繁杂的追逐
我们都是有病的现代人
我们都是时代的盲流
在各种牢笼中迁徙
折腾　徒劳

2012年7月26日

严安 · 家园 | 138x96cm |

严安，1960年生于北京。毕业于首都师范大学美术系中国画专业。结业于中央美术学院中国画系人物班，中央美术学院贾又福山水创作高级研究班，得到吴冠中、姚有多、贾又福等恩师的指导。现为中央美术学院贾又福山水画工作室画家、中国美术家协会会员、北京美术家协会会员、中国博物馆协会会员、北京博物馆协会会员、全国公安文联美协理事、北京中山书画社会员。

坐　禅

半点墨人半山居，
一峰落下一峰起。
坐看云烟依水生，
又笑红尘梦未泯。

2012年8月27日

刘筱静 · 山水 | 68x68cm | 2009年

刘筱静（靖），1976年生于河南安阳，现居北京。1996—2000年就读于中央美术学院国画系山水画室，获学士学位，毕业创作《高山云起图》被中央美术学院陈列馆收藏。2005—2008年攻读中央美术学院国画学院山水专业公费研究生，兼山水画室助教。

清　游

每一次绝然的出走，
都是预谋的逃离，
山川河流，
我带着孤单的魂灵，
在旷野中恣意地亲近。

阳光热烈，
穿透着我冰冷的心房，
春风无拘，
摇曳着我僵硬的身体，

我，
绽开了尘封的热情，
换上了久违的新衣，
你的明丽，清澈如水
消退了我多少的阴影，
你的芬芳，青幽如兰，
唤醒多少的花香，

自然之道，问山问水，
梦想的天堂，
惟有简单能留，
快乐的时光，
唯有放下常存

2013年4月17日

谢懿 · 骏马闲游 | 150x140cm |

谢懿，新西兰奥克兰美术家协会会员。毕业于中央美术学院油画系。2000—2004年在新西兰Whitecliffe艺术学院深造，获视觉设计学位。2004年在新西兰举办双人展“回到梦境之二” 其作品多次被主流报纸Eastern Carrier, Chinese Herald, Mandarin Page和WTV电视等多家主流媒体介绍和刊登。

山　居

云山绿树绕屋檐，
落日斜阳照碧水。
半山书房半点墨，
一笺诗意一片心。

2013年4月28日

徐涂·山居图 | 34x134cm |

徐志伟，署名徐涂，1961年生于北京。自幼学习书画，2013年师从于吴悦石先生门下。

月　光

总是在最喧嚣时落幕
总是在最高潮时跌落
生活就在一次次期望一次次失望中百转千回

问山
山说
最深邃的山谷会流出最甜美的水

问水
水说
最静谧的月光下会产生最淡定的心

2012年7月20日

颜欣荣·月光 40x64cm

颜欣荣,韩城市板桥镇人,字石溪,号乐然,翠柏轩主人。现就读于中央美术学院贾又福山水高级创作研究班。师从人物画家王权先生。毕业于西安美术学院。2008年进修于中国国家画院梅墨生、张志民工作室,得到山水画家龙瑞、范扬、卢禹舜、程大利诸位导师指导。2009年进修于中央美术学院,中国画造型研修班。2010年考入中央美术学院首届贾又福高级创作研究班。

飞　舞

天地苍茫
我在深邃的海洋上
振翅飞舞
不知疲倦

我不是要漂洋过海
更不是要去炫耀舞姿
在这浩瀚的星空下
我身影单薄
没有什么可以赞美的

漫长的岁月中
谁的命运都微不足道
我只是习惯了
在飞舞中遗忘悲喜
在忙碌中体悟兴衰
我试图努力
在这越来越漠然的人间
找回一点激情
留存一些念想

2013年6月1日

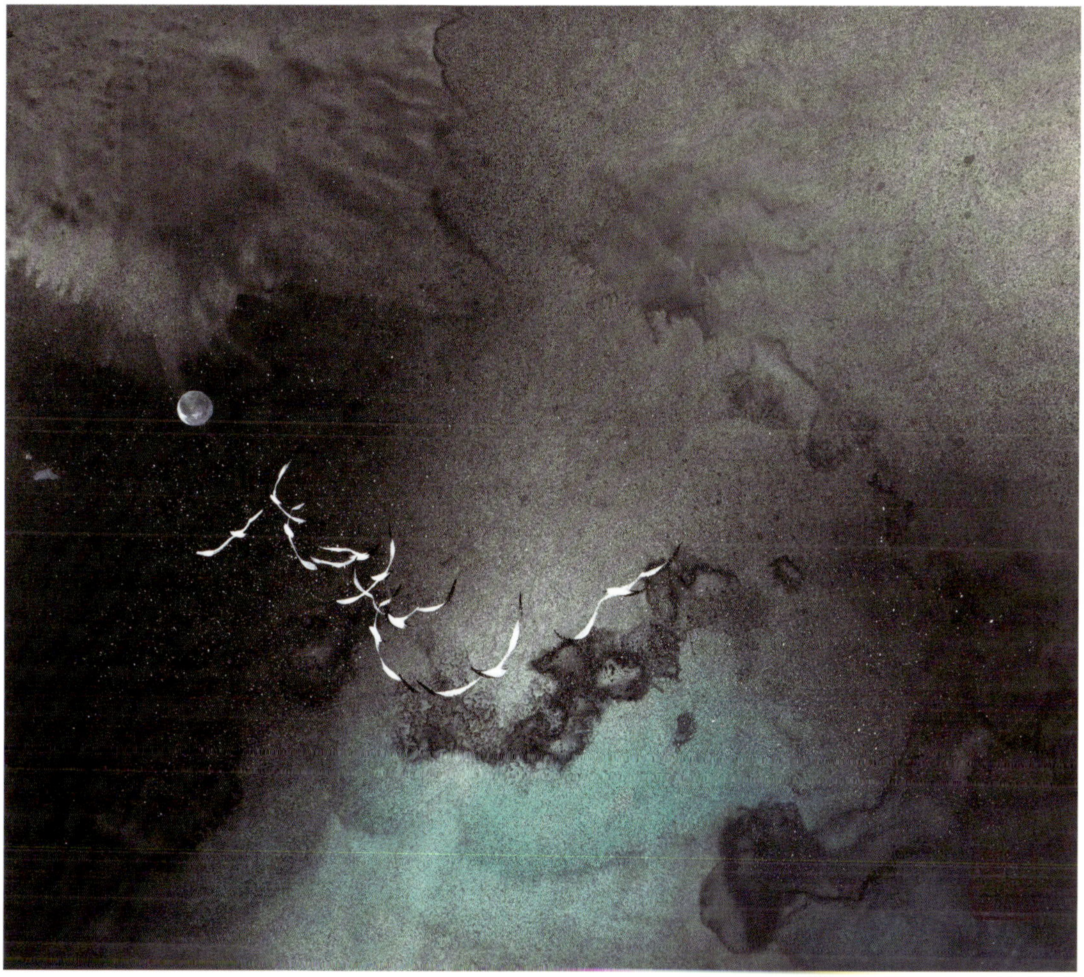

姜云宗 · 飞舞 | 70x79cm |

姜云宗，1960年生于山东青岛。中国书画名人榜艺术总监，国际中国美术家协会中国分会山东分会副主席；中国美术家协会会员；青岛美学学会常务理事。

谜　语

秋风吹过
这一墙的枝蔓依然欣荣
倔强地对抗着岁月的侵蚀
穿心而过的是深藏的寒意

其实
这院落从未繁花盛开
雨后秋凉
叶子上的水珠
闪着生命的光芒
时而摇曳
时而婆娑

记得
他曾经无限接近那些热恋的花
浪漫的痕迹隐喻在袖口一折再折
由简单到复杂
由纷繁到纯粹
正如一个隐者的过去和未来
背对着人生的感伤
静默前行

2013年6月2日

王石染·谜语 | 45x97cm |

王石染，字大朴，生于北京通州。毕业于北京矿业大学。进修于中央美术学院及北京画院高研班。清华大学美术学院李铁生工作室助教、职业画家，出版个人画集九种，合集数种。

山石图

空山有寺人烟少，
逝水无情风雅多。
林幽树密藏古意，
岩苍石仞生崛奇。

2013年6月4日

刘墨鸿·山石图 | 48X97cm |

刘墨鸿，职业画家，斋号无为草堂。早年从军，后考入天津工艺美术学院国画系。2009年，就读于中国艺术研究院国画创作院高研班。其作品《秋声图》获第六届天津青年美展银奖。获天津“十佳青年美术家”称号。作品《秋山访友图》参加“第二届十佳青年美术家画展”。作品《金秋图》获“百名画家画津南美术作品展”银奖。

对　视

为何
你还在我眼里翻飞
干扰我前行的视线
难道你也是迷途者

看不见
秋天的结果已挂满了枝头吗
那些热恋过的花
那些开放过的心
早已闭合萎缩在时光的隧道里

一场又一场游戏的过往
一段又一段沉重的故事
重复的传说就让别人去重复吧
那些令人沮丧的谎言
还有你给不了的自由

就让我站在这绝壁上
享受苍凉的孤独吧

2013年6月4日

贯会学·花鸟｜34x137cm｜

贯会学，1962年生于北京。1988年北京师范学院油画专业本科毕业。1988—1997年为北京市通县教育中心美术专业教师。1998—2002年为北京市通州区第四中学美术教师。2003年起在北京市通州区文化馆从事美术创作、群众文化工作。

柳　岸

杨柳枯枝轻摇摆，
竹筏扁舟静无言。
雨后青山云飘渺，
门前绿水意幽远。

2013年6月4日

徐桂香·山水 | 68X68cm |

徐桂香，河北任丘人。1996年考入南开大学东方文艺术系，主修中国画，师从范曾、杜滋龄、陈玉圃诸先生。2000年于本系攻读山水画研究生，师从陈玉圃先生，获硕士学位。现为北京林业大学园林学院副教授，北京美术家协会会员。

奔　马

一直向往
能像一匹黑马划破长空
一直憧憬
能在暗夜里开出惊艳的花

多少个轮回
我反复思索着一个问题
是什么能让时空留下永恒的诗篇
凡尘多喧嚣
道路亦纵横
可哪一条不是荆棘密布

常常
我们迷惘在沸腾的城市街头
我该怎样解开命运的图谱
谁都在心口上了把有密码的锁
城市的陷阱到处都是
令人窒息的黑暗
谁还相信谁的承诺

变幻变幻
峥嵘岁月
有过芬芳
更有惆怅
哪里还有明亮又寂寞的原野
供我逍遥
供我游荡
就像一匹无羁的野马

2013年6月4日

徐宝铭·龙马精神｜48×84cm｜

徐宝铭，1944年生。黑龙江省美术家协会会员、黑龙江省漫画会副会长、黑龙江省漫画专业委员会副主任、中国田园画会常务理事，“八骏图”画马研究会副会长、绥化市文联副主席。

访　友

山高路远风景异，
悬崖峭壁排云亭。
烟云供养多性情，
寻花交友少知音。

2013年6月4日

韩宏宇·访友图 | 46x102cm |

韩宏宇，字子远，1980年生于济南，授业于中国美术学院山水画系，后拜著名画家陈玉圃先生为师，为入室弟子。现为中央文化管理干部学院艺术学院特聘讲师。

佛　门

走过
佛门
千年万年
只吟唱着一个声音
阿弥陀佛

目光所及
跌宕起伏
废墟中残存着多少往事
每一块石头都刻着因果
每一片树叶都写着轮回

万生万物
归去来兮
在理想国里
我
在墨迹中问道
在黑白间禅行

2013年6月4日

刘美华 · 佛门 | 69X69cm |

刘美华，1978年生于广西桂林。1996年毕业于广西师范国画系。2002年进入北京画院，2010年毕业于清华大学美术学院李铁生山水画工作室、2011年在中央美术学院贾又福山水高级创作研究班学习。现为中央美术学院贾又福山水画工作室画家，广西美术家协会会员。

面　壁

空山无人水鸣涧，
浓荫蔽日鸟筑巢，
面壁九年修禅定，
影石万古著丹青。

廖星君·达摩面壁图 | 30x180cm |

廖星君，广西桂林人，现居北京。毕业于北京师范大学。中国美术家协会会员、文化部青联委员、中国国家画院卢禹舜工作室画家。

荷

静静地，
静静地，
你一直守望着这片荷塘，
有人说她卓尔不群，
有人说她出泥不染，
那是她们躲过了你忧郁的眼神，

究竟是什么样的隐痛
让你盛开着这般柔软又冷艳的花儿，
一朵花正对着另一朵花儿无声诉说，
爱恨都是一种承载，
却总被虚妄的表白，

在这疾病丛生的人群里，
无论是白昼还是黑夜，
谁都无力摆脱无处逃避，
参不透的生死迷途，
只有沉默，

其实，
阳光之下，
我更愿自己是一个四处漫游的不归客！

2013年7月22日

王严 · 荷 | 66x66cm |

王严，中央美术学院中国画博士。文化部青联美术工作委员会委员、沈阳师范大学美术与设计学院讲师。

鹊桥仙

人生如戏
半梦半醒
浮世沧桑几度
幽兰玉露终相遇
却道人间多传奇
偷香揽玉
似真似幻
怎看风流朝夕过
凝眸望断红尘路
含颦独唱娇羞事

2013年04月09日

许莹·鹊桥仙 | 68x68cm | 2013年

许莹，1993年毕业于中央美术学院附中。1997年毕业于中央美术学院国画系获学士学位。2004年考入中央美术学院，为田黎明先生研究生；2007年获硕士学位；2007年考取中央美术学院为李少文先生博士研究生。

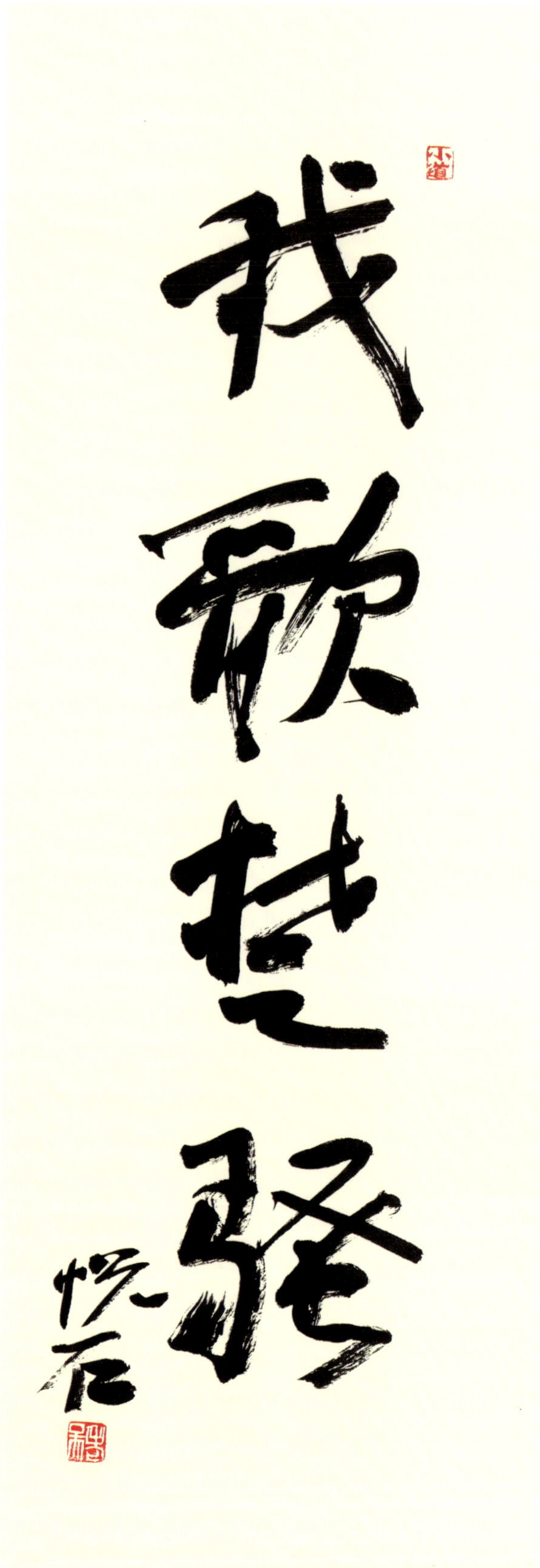
我歌楚騷
悦石

終朝采藍

——写在《图说》之后

贺疆□文

三月推窗，徐徐风，微微凉，天润润的蓝，闲适从容的清爽。密密匝匝的花儿开满了篱笆，欣欣然。

紫砂壶，铁观音，氤氲的茶香，浓浓淡淡，茶与水相遇的味道里看见远山、碧溪、清风、流云。

案几上的《图说》已被清风翻了又翻，读了又读。那般俊朗的书，有为书者的聪慧雅趣，更有画作配诗的韵致别生。画事繁盛，总难以相看俨然，然而不入园林，焉知春色如许？只是一枝春的侧影，夕阳穿树补花红，已然一丝惊心在。当真是如水的文字，言辞安闲如空山灵雨，自然若云之出岫，写尽生活的情致。

时光的奇妙，在于知其在，却难以把握。那种飘渺，填满了生活的每一处缝隙。而文字的功能就是且留云驻，唤醒沉睡的时光。文字依旧从容不迫，而岁月愈加丰饶。

画作频仍，而配诗却是一人之力。诗的作者，严格讲不是诗人，是一个具有诗人情结和诗人情怀的烂漫人。虽不是逍遥散人，却总能忙中偷闲，赏玩书画，诗词轻唤留住一份悠远恬淡。因着诗人的爱意，于是《图说》便有了别样的风情。读来，清浅的愉悦怡心。

诗人与画作的邂逅，一如茶与水的初遇。盏茶间，闲坐岸边看，云淡风轻，千帆过尽。这样的悠远恬淡质朴自然，最是难求。

那种情致，那种意境，总令人想起《诗经·小雅 采绿》：“终朝采绿，不盈一匊，予发曲局，薄言归沐。终朝采蓝，不盈一襜，五日为期，六日不詹。”以虚写实的白描手法，被诗人在《图说》里娴熟地运用。

画作风格不一，而诗作却以一贯之，禅机幽玄。宛若初春原野上青花瓷一般的女子，盛开着清净淡雅，在风中摇曳飘洒。

路德维希·维特根斯坦在《文化的价值》一书中认为，真正的文化，是唤醒世界和美好的感情，是留在琴弦上的思绪。因此，“思想的欢乐是人类生活欢乐的折射。这就是生活的乐趣”。《图说》，说图，随心所得，却不经意间道尽图中深幽款曲，以素淡的笔墨一一道来，超于学术之外，评说清疏放达。至此，艺术的意义尚在其次，重要的是潜移默化中改变了一个人的世界观。

一花一世界，是佛教的真谛；一叶知秋，是寻觅的妙境。时光，刺绣着每一个生命的叶片和花朵，一粒尘埃的浮动都折射生命曾经的款约。在光阴河流中，捡拾点点滴滴的幽思或情怀。诗人，在画枝里听到花开花落空谷足音。他且行且止的文字行云流水，染就一色终朝采蓝。

文字之于画作，正如诗人之于生活。自有一份情有独钟的痴迷。就像那个采蓝女子，在原野上采撷到的蓼蓝才是好的。而我们在意的是采蓝时，清香绕身的自由畅意。诗人的文字，谈物叙事，疏密清朗，颇有晨雾入怀的清新。而一点闲寂，一点轻愁，虚虚实实隐约在林间静夜或晨雨凉风中，思古情愫暗生。春色春晓的文字，不露声色为画作做浅近或深远的况味逸舒。透迤烟村最见情致，冲淡与闻达，如掬水月在手。而弄花香满衣的错落散墨，惹人遥想。

文字浮世，可否许得我们在流年里错身，在时光荒芜里依然，清新如处子，终朝采蓝！

2013年4月15日

贺疆写于梨花苑

图书在版编目(CIP) 数据

图说 / 半点墨人著

-- 北京 ：文化艺术出版社，2013.5

ISBN 978-7-5039-5603-4

Ⅰ. ①图… Ⅱ. ①半… Ⅲ. ①汉字－法书－收藏－中国－图集
②中国画－收藏－中国－图集 Ⅳ. ①G894-64

中国版本图书馆CIP数据核字(2013)第090002号

图　说

著　　者　半点墨人
责任编辑　陈文璟
装帧设计　润良　张智泓
出版发行　文化艺术出版社
地　　址　北京市东城区东四八条52号　100700
网　　址　www.whyscbs.com
电子邮箱　whysbooks@126.net
电　　话　（010）84057666（总编室）　84057667（办公室）
　　　　　84057691－84057699（发行部）
传　　真　（010）84057660（总编室）　84057670（办公室）
　　　　　84057690（发行部）
经　　销　全国新华书店
印　　刷　北京启航东方印刷有限公司
版　　次　2013年10月第一版
印　　次　2013年10月第一次印刷
开　　本　787毫米×1092毫米　1/16
印　　张　9.75
字　　数　17千字
书　　号　ISBN 978-7-5039-5603-4
定　　价　118.00元

出　　品　道东文化
艺术顾问　汪筱铭　厉培明　李小磊
　　　　　白国庆　张大为　李文韬
责任编辑　陈文璟

图书订购发行
电话：010-59784905/67153088
邮箱：1023393293@qq.com
微博：www.weibo.com/u/2936353211
淘宝网：http：//shop71645810.taobao.com

道可道，非常道，东为方位之首。

道东文化艺术传播有限公司是集图书出版、艺术家推广、文化礼品收藏的专业机构。公司同时涉足茶文化、紫砂文化、工艺品文化....树造一个品牌，构筑一种独特的文化——道东文化！

传统文化系列

《画话》卷一——闲画养生

快时代，慢生活。人生的真谛不仅仅是赚钱、工作！世事繁华，洞悉人生，惟有阅读，《画话》一本用水墨丹青绘制的传统养生文化之旅，人生短促，请你放慢脚步，看完这本令你终身受益的图书！养生贵在养心！世间万千变幻，唯有图书永流传！该书附赠广陵派大师刘少椿的古琴名曲，并得到宗庆后、余秋雨、王中军等等名人，联合签名推荐！同时尽请期待我们即将出品的传统文化系列《画话》卷二！

《画话》读了受益，买了升值！

徽州文化系列

《诗意徽州》

本书是中国摄影出版社第一本摄影和诗歌相结合的图书。“风景如画，大地如诗”，作者带着对家乡的炽热情感，用诗一样的语言去解读他眼中的徽州。那里的一草一木，一山一水，在他感性，清丽，富有想象的解读下，更加令人神往。黄山本已是名闻遐迩的风景胜地，有着自然和历史的多重偏爱，这里是山水 和人文的绝美结合。而本书作者正是从不同的角度，诠释了徽州之美，也同时缘物抒情，词淡意深，寄托了他对人生的重重感悟，引起读者种种共鸣和好评。

新画评系列

《禅心独行——刘普安作品集》

本书是文化艺术出版社出品的一本画与诗歌相结合的图书，《禅心独行》作者按老虎生命的过程精选作品图片为主线，通过诗词，缘物抒情，词淡意深，寄托了对人生的重重感悟，由图片的视觉进入心灵的感动，生动地展示并让读者感受跨越时空与距离的文化盛宴，让读者与作者共同达到“妙悟自然，禅悟人生，神悟艺术”的美好境界。

道东图书会　会员信息登记表

姓名：	性别：	年龄：	职业：
教育程度：	身份证号码：		
月薪：	联系地址：		
邮政编码：	单位：		
电话：	E-mail：		
传真：	您最喜欢看到的图书：		
您还希望看到那些的类型的图书：			

此表复印有效

道东图书，图文并茂，开眼开味。

道东图书会为会员提供图书直接邮购，详细购买办法请登录网站（www.dao-dong.cn），或者拨打电话（010-59784905、010-67193088）查询。

图书邮购及会员信息登记表回寄地址：北京市东二环广渠门内大街2号领行国际1号楼2单元2103室

北京道东文化艺术传播有限公司－图书事业部

邮编：100061　联系电话：010-67193088　网址：www.daodongart.net

关注道东文化公众微信

获取更多的好书资讯